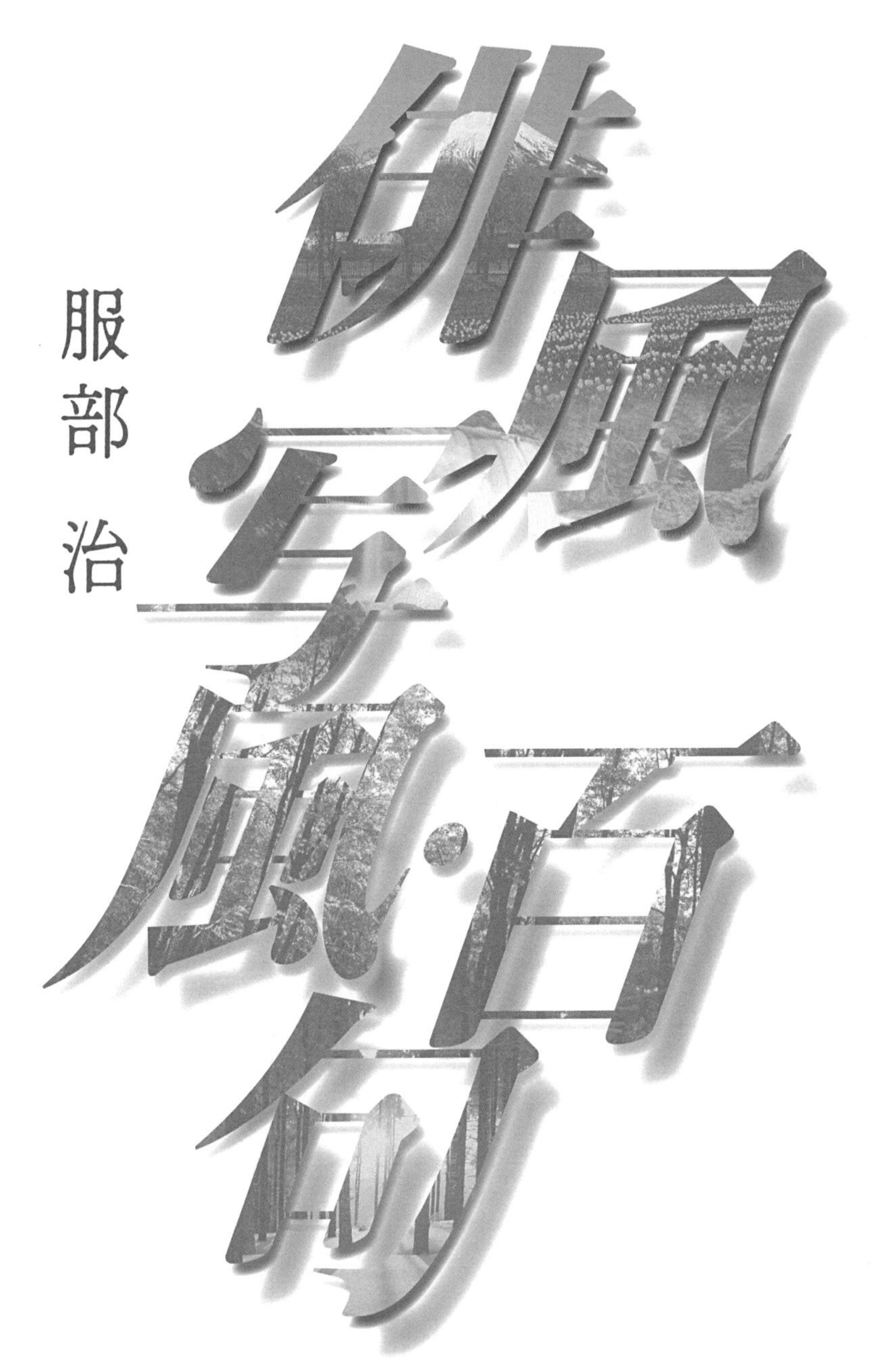

芦書房

俳風写風・百句

もくじ

春

紅梅の開かんとする日差しかな

早春を奏でる花の一つは梅。梅の開花は春来たる、の強い響きとなる。

それまでの寒さが残っている時期であっても、その寒さを飛び越えていくような雰囲気が梅にはある。そのことに早く気づかせてくれる。

春の日差しが雲間から漏れ

て、蕾を膨らませていくとき、紅梅への関心がぐっと高まってくるようだ。
　さて、紅梅と白梅では、どちらが早く咲くのか、興味をもって見る人もいる。
　庭で春を先に告げるのは、紅梅。それを追いかけるように咲き出すのは、白梅となる。
　紅梅、白梅が咲いた一角はもう春の光りと一体だ。
（2022年2月）

明ける空蠟梅の香のかすかなる

空が広がって、明るい雰囲気となっている朝。気分がなんとなく弾むようなひとときとなる。

心待ちにしていた蠟梅が開く頃となったが、そうした期待感も弾みにつながっているのかもしれない。

蠟梅は、早春を飾る花とい

える。そのほのかな香りへの思いも、ちょっと捨てがたいところ。

今朝は、いよいよ蕾から開花への時となるか。周りに放つ香りはきわめて僅かだけれども、貴重な季節感を盛り込んでいる。

しだいに空の明るさが加わるとき、蠟梅のかすかな香りが魅力をつくる。

（2003年3月）

春暁や響く海鳴り風と来る

春が近づいてきたという実感は、それぞれに受け止め方は違うものだ。それでも、なんとなく感じる独特の季節感は、日常のなかにクローズアップしてくる。

春暁のなかに聞こえてきた海鳴りは、もう春を思い起こさせる響き。肌寒さが残って

いるものの、近づいてきた春への思いは、高まっているのかもしれない。
海鳴りの響きは、風と一緒だ。春風というよりも、もっと強く吹いてくる様子は、春暁のもつ特徴なのだろう。
明るい春の響きとなって松林を越えて迫ってくる今朝の海鳴りは、たしかに一つのリズムとなっている。

（2013年3月）

雨音を数えて五つ春来たる

春先の気温は、日によって変化するものだ。もう春かと思うほど暖かい日もあれば、予想以上の寒気となることも少なくない。

そんな実感を、ふと夜明けのひととき経験した。目を覚ますには早い時刻。ぼんやりとしたなかで、聞こえてきた

のは雨の音。
　ポツリと落ちる雨音を五回数えた。雨音を聞きながら、思い浮かんできたのは、少年の頃の懐かしい思い出。
　やがて、雨音は聞こえない静かな時間となった。止んだのか、という思いも遠のく。
　雨音が、それほど激しくなかったのは、春来たるの予兆だったのか。

（2018年3月）

海見えるプラットホームや春の風

街と山と海の景色を織りなして走行していくのは、ＪＲ東海道線。車窓に映る風景は多彩だ。季節の移りゆくなかで、その風景がしだいに変化していくところに興味が高まる。国府津駅のプラットホームからは、太平洋の一角を望むことができる。晴れた日も、

雨の日も、それぞれに異なる色彩を描く。
陽の光が海面を照らして、きらめく波の動きは、太平洋への遥かな連想に繋がっていくようだ。
かつて江戸時代、東海道の拠点であった国府津は陸と海の重要な道標。いま、眼下に広がる海上には、春風を受けて走る船が颯爽と見える。
（2002年4月）

雲浮かぶ春の青空仰ぎ見る

なにかいいことがあるのかなあ。なんにもない日なのかもしれない。仰いだ空は、もう春の色。

やわらかな陽射しのなかにわずかに弾んだ気分を乗せる。春来たる、の雰囲気を高めていく兆候であろうか。

白い雲が浮かぶ青空は、や

や霞んでいる。遠くに見える山並みも、霞みがかった情景の一つを構成。山容にもはっきりと、春の形が現れているではないか。
　風が吹いてきた。そよぐ風を受けた若葉がきらりと光る。その輝きが周りの若葉に映って広がっていく。
　春の雲は、気分を乗せて季節を唄っているようだ。
（2002年4月）

大木の小枝光りて新芽立つ

若葉の季節が日々近づいてくる気配。春を待つ気持ちが高まってくるとき、自然界の営みは、着実にその態勢を整える。

まるで沈黙していたかのような大木にも、春へ向けた動きがあるようだ。やわらかくなった陽を受けながら、小枝

が光って早くも春到来の動きを表明する。

新芽をつけた小枝が広がりを見せる。新芽の成長は、日ごとにそれぞれ顕著となって、春への世界を作ってくれるようだ。

春の風が大木にそっと吹いていく。小枝を揺らしているのは、春の態勢づくりを急いでいる様子。

（2012年4月）

老木の芽吹き始めの明るさに

春近い広場の一角に座する老木（ウンリュウグワ）が豪快だ。歳月を重ねた木の大きさに圧倒させられる。

新しい枝が、連なっているではないか。まさに新しい生命といえるもの。これからもその生命を、どう長く延ばしていくのだろうか気になるところ。

ウンリュウグワの名にふさわしい風格は、しっかりとその位置を保っている。
向こうに見えるのは、盛り上がる葉群。遊園地を囲んだ樹木は遊園地に集まった人々を包んでいるように映る。
小枝が葉群をつくっていくには、かなりの歳月を要する。そこに春を待つ新しい日々があるに違いない。
（2016年4月）

残雪を浮き彫りにして山姿

妙義山は、まだ残雪が浮かび上がる情景。春の美しい山容を描いていた。遠くに見える残雪、ふもとの池に咲く水芭蕉の白い輝きは、鮮烈な風景をつくっていた。

　早春の景色を一挙に見せる春日となった。青い空を背景にして、そよ風も吹いてきた。

池に近づいて水芭蕉の清麗さに納得していた時、離れて歩いていた同行メンバーから歓声が上がった。
　残雪の白さと水芭蕉の白さが、同場面に収まる場所を見つけたというわけ。ちょっとした発見の思いだったのか。
　やがて、裾野は残雪が消えて、新緑の香りが広がっていく季節となる。

（2016年4月）

春雲の流れて空を描きおり

　ゆったりと白い雲が動いている。いままで浮かんでいた東方の雲が動きを変えている様子だ。

　雲の流れや青空の情景は、春の季節を味わうのにもう格好のもの。

　空を仰ぎ見るといった経験は少ないけれども、どこかに

春の青空は、気分を和ませてくれるものがあるのかもしれない。

東方のゆっくりと流れていた雲が、少し西方に向かう様子がうかがえる。白い雲の動きは、春の空を象徴するもの。遠方の山にかかる雲も、やや動き出した。春の空のゆっくりした動きは、空を描く画となる。

（2016年4月）

波光りきらめきのなか春呼びぬ

波がきらめく海の朝は爽やかだ。水平線の彼方に島が浮かび上がる。島が遠くに見えるとき、波の動きが激しい。陽の位置がしだいに昇っていく様子は、もう夏に近い季節感となる。陽を受けて波のきらめきが変化していく。その変わりようが、四月の海の

景色の特徴といっていい。
　遥かに見えた島も、波の様子でちょっと近づいて来たのか、という錯覚が生まれるのも春の海がなせるところ。
　広くかがやく海面は、島へ届けるべき春の便りの一つといえようか。
　四月の海のきらめきは、予想を越えて、静かな様相を示していた。

（2017年4月）

花吹雪哲学の道まっすぐに

四月、好天に恵まれた京都の哲学の道を訪ねた。同行の中国から来日された歴史学者ご夫妻、日本の著名な歴史学者と花吹雪を楽しむ。

さくら舞う道の眼下を流れる小川には、舞い落ちた花弁が波に浮かび、消えてゆく。その様子は、一つの画面を構

成しているようだった。
　梢を飛び急ぐ鳥の声もにぎやか。さあーと吹いてきた風は花吹雪となって、肩に止まる。さくら吹雪の魅力であろうか。ご夫妻の表情も晴れやかで、花吹雪への好感度も高かったに違いない。
　哲学の道は長い。さくら吹雪の中で、仰いだ空の青さは快調だった。

（2018年4月）

揺れる笹窓辺に春の影つくる

窓辺近くにある笹の葉は、もう春を告げている。それは春風を受けて窓に響く笹の音によってもわかる。春風が吹いてきたとの思いをそっと確認する機会となるわけだ。

笹の葉は意外に強く、笹片はそれぞれに感触を持つ。

これから季節が巡るなかで、

竹の成長とともに、一つの役割をしっかり担っているのであろう。
　窓は陽を受けて、まぶしいばかりに輝く時がある。そのまぶしさを緩やかにする作用は、笹ということになる。
　笹が揺れて、さまざまの光と影の賑わいを見せる。こうした場面は、たしかに笹のもつ春の舞台なのかもしれない。
（2021年4月）

春の陽や駅より仰ぐ観音像

ＪＲ東海道線の大船駅から前方の森に聳え立つのは、大船観音像。白い像が鮮やかに浮かび上がっている。静謐、そして慈愛の表情が遠望できる。

観音像を礼拝する人、仰ぎ見る人たちは、どれほど多くの安寧を願ってきたことか。

遠望するなかで白い観音像は、ときに像の大きさへの驚き、ときに心に響く安らかさ、あるいは森の景観であるのかもしれない。

春の空が広がっている観音像の森は、若葉で輝いている。春への謳歌のなかに立つ大船観音の像を、改めて見る。

春の静かな陽は、光を注ぎ森を照らして観音像を包む。

（2021年4月）

江戸守りし高き反射炉伊豆の春

伊豆の春は、桜が舞うのどかな情景となっていた。背後の連なる山々も若葉の彩り、樹々から春の光りがこぼれていた。

江川太郎左衛門が江戸末期異国船襲来への警戒態勢のために反射炉を設営、今に史跡として大砲などが保存・展示

されている。
　改めて、当時の緊張した国内情勢が伝わってくる。反射炉近くに残されている江川邸には、樹齢百年を越える木々が若葉をつけていた。屋敷内の土間、炊事場も往時のまま。煤けた天井は、長年にわたる生活色だろうか。
　往時を偲ぶなかで、そこに江戸末期の雰囲気があった。
（2021年4月）

風渡り雲遊ぶ日や春近し

季節の移り方は、雲の動きによってもわかる。雲がどう変化しているのか。多様な動きが季節の味を与えてくれることがある。

ぽっかりと樹木の後方に浮かんだ雲は、いまにも動きそうだが、林や葉の色によっても、もう春が来たなという思

いを味わうものだ。

　空高い日には、改めて春が来たのかを実感することになる。いままでの風も、少しやわらかくなったようだ。

　季節の移り方には、風の動きも大きな要因となる。

　まだ雲は、大きな移動を示していない。ゆっくりとした表情は、いよいよ春到来を思わせる情景となった。

（2021年4月）

山影に時を奏でるさくらかな

さくら咲く情景には、やわらかな明るい雰囲気がある。遠望して、山の一角に見えるさくらの花は、なぜか安堵感を与えずにはおかない。

今日は、さくら満開の日となった。あの大木の樹齢はどれくらいだろうか。予想するだけで興味をそそるものだ。

毎年、四月が訪れるとさくら満開となる。さくら開花を見る人々の胸中に去来するものはなにか。その印象は、毎年それぞれに違うのかもしれない。

会津磐梯の山中を彩るさくらは静かな風情。がっしりした太い幹は、美しさを支える柱だ。山影をつくって奏でるさくらに挨拶しよう。

（2023年4月）

輝いて波に向く樹々五月かな

やわらかい日差しがしだいに強さを加えてくる頃、沿道の木々も繁茂の兆しとなる。海の季節は、早く来るのかもしれない。

五月を飾る若葉の揺れ方には弾みが感じられる。季節感を盛り上げる確かな手ごたえといえようか。

海岸に出るには、松林の道を通らなければならない。けれども、海へ出るという期待感の方が先行して、足早に進む態勢ができていく。
松林の道と行っても、樹木は多種。いろんな樹木があって、春の陽を受けている若葉の光りも多様だ。
五月の若葉群の光りはもう海へ、波へ近づいている。

（2016年5月）

黄に染まる菜の花畑小雨なか

一面に菜の花畑が広がっている。黄の世界の出現といえば、オーバーだが、東側に続く黄色構図に圧倒させせられるところ。

風に吹かれて自在に揺らぐ動きも、それなりにいい。黄の世界のざわめきといった感じとなる。

晴れた日と雨の日で菜の花の印象は変わりうる。陽の光を浴びながら動く場面と、雨に濡れてわずかに動く場面の違いはある。けれども、二つの動きには、菜の花の美しさを形容している点で、共通しているといえないだろうか。
夕方、小雨降るなかで咲いている菜の花は、また新しい黄の世界を現出しているようだ。
（2016年5月）

静かなる港に巨船春の雲

横浜港を飾る巨船が眼前に迫ってくるようだ。波静かな春の日は、巨船への親近感を高めることになる。なぜだろうか。いわば、ゆっくり遠く海の彼方を眺望することができる。

かつて大海原を縦横に航海した長い日々があったであろ

うことを想像するとき、巨船への愛着がなんとなく湧き上がってくるのを禁じ得ない。

巨船は多くの体験を経て、いまここに在る。春の雲が浮かぶ場は、一つの安らぎとなっているのであろうか。

人を乗せ、人生を楽しませたことを推察するとき、それぞれの場面が、巨船の歴史をつくってきたのだ。

（2017年5月）

西安や古都若葉の静かなる

若葉の並木道は長く続いている。西安の都心から史跡まではかなりの距離。

西安は、かつて唐時代の首都・長安と呼ばれた。中国の歴史のなかで、燦然とした輝きをもつ時代であった。

日本との関係では、遣唐使の往来で政治、経済、また文

化の分野にわたり、交流の範囲を広げていった。
　歴史を継承し発展させていくうえで、時代形成を画した要人の名も、さまざまに浮かび上がってくる。帰国の志むなしく現地で客死した阿倍仲麻呂の活躍は、宮殿史料に記録されていた。
　史跡に舞う青葉は、遠き時代を偲ぶかのときとなった。
（2019年5月）

植え終えし田を掠めゐる燕かな

一面に早苗の青田が広がっている。その広がりは、前方に見える山裾に続く景色。忙しい田植え時期も一段落ということだろうか。

広い青田の上をすいすいと燕が飛び回っている。その情景は、まさに田圃をかすめていく様子となった。

田圃を囲む水路には、水が満たされて音を立てて流れている。その音は、豊作への一つの響きということかもしれない。

早苗が成長していくとき、さらに田圃の青さに勢いがつく。燕の飛び方も変わって来るのかと想像するが、どんなものだろうか。

間もなく夏は近い。

（2020年5月）

岩包む樹々の勢い春光る

いままで大きな岩石を覆っていた木々が春を迎えて、緑色を濃くしてきた。まるで、小さな山の緑化となった。

蔓が幾重にも囲んでいる情景。その蔓が若葉となって全体を包んでいる様子。

岩場を包んだ格好の若葉の情景はやわらかい。濃い葉、

淡い葉、さまざまである。春の陽を注がれて、きらきら光っているところも少なくない。その様子は春光る、といった表現ができるかもしれない。
背景には、白い雲がゆったりと見える。白雲が少しずつ動きながら、春の動きをつくることになる。
岩場にも、新しい葉が生まれ新しい場面となる。
（2021年5月）

第2章

夏

みどり児の手が捉えたる若葉風

爽やかな五月の風が吹いてくる。若葉が陽を受けてきらめいているのは、この時節の情景。なんとなく弾んだ気分が、大人、子ども、もっと小さなみどり児にまで伝わっているのかもしれない。

五月の空、五月の風はどこかに気分を乗せてくれるもの

がある。
　吹いてきた若葉風はそっと撫でていく。母親に抱かれたみどり児は、それに反応するかのように、ちょっと手を動かしている。
　みどり児は、風を捉えたのだろうか。きっと、マイペースで捉えたに違いない。
　また、さわやかな若葉風が吹いてきた。

（2002年5月）

鯉のぼり見上げる子らも空泳ぐ

風を受けて、五月の空を鯉のぼりが緩やかに、流れるように泳いでいる。その情景が子らも大人も巻き込んで、広がっていく。

いまでは、鯉のぼりは、屋根の上だけでなく、河原にも公園にも、ベランダでも堂々とした泳ぎぶりだ。

見上げる子らの表情は、生き生きとして旺盛。どんな泳ぎとなるのか、期待感が溢れている。その表情をうれしそうに眺めるじいじいは、すでに破顔一笑。
鯉のぼりは、子らも大人も一緒になって楽しいひとときをつくっている様子。
声援を受けて泳ぐ鯉のぼりは、今日も元気だ。

（2009年5月）

若葉萌ゆきらめく樹々に風渡る

初夏が近づいてきた公園の樹木には、勢いがある。新しい季節への讃歌といえるかもしれない。今日も元気だ。

剪定された木々の情景は、清涼感が漂っている。さあ、これからだの表情を見ることができる。

夏へ向けて、確かな歩みと

なる。木々の茂りは、公園を爽やかにさせる場面。今日も、陽を受けて空に向いているではないか。

一角に明るい木々の成長と勢いが見えてくると、もう着実な成長を意味することになるわけだ。

基軸としての木の幹も風を受け、たしかな成長を経ていくことになるだろう。

（2022年5月）

梅の実のまあるく揃う朝かな

花から実へ。着実に日々の流れは、木々の変化を支えていくものとなる。花が咲き、やがて実をつける頃は、日差しも次第に強くなっていく。梅の実も、日毎に大きくなっていくわけだ。

空を仰いだ時に梅の木にも目を留めるが、小さな実から

ふくらみをもつ様相は、なんとなく快いもの。

枝の葉に隠れていた実が、見え隠れして大きくなっていく。青梅からだんだんと色も変わっていくのは、見逃せないところだ。それに応じて、実の形がまあるくなる。いよいよ出番である。

朝の風を受けながら、梅の実は熟して出番をつくる。

（2003年6月）

青嵐川波立てる朝かな

青葉がしだいに茂りを早めて来る時期、新しい季節の到来となる、その移り目はとくに定まってはいないけれども、季節を着実に前へ進めていくわけだ。

季節の移りには、風の動きが注目されるところ。時折、吹いてくる一陣の強い風は、

周りを巻き込む。

　川に吹きよせる青嵐の勢いは、川波の動きを揺さぶっているではないか。

　川波がうねりをつくり、音を立てて流れていく。今までなかった激しさだ。

　静かな朝は、様子を一変。青嵐の吹きようは、川から田圃へ、田圃から野へ、さらに山へと駆けてゆく。

（2003年6月）

梅雨曇り洩れる光の川に入る

どんよりした雲がまだ空を覆っている。梅雨の期間は短いようで長い、と感じるものだが、どうだろうか。そこには、早く梅雨が明けて欲しい、という願望も込められているようだ。

近年の梅雨期は、ほぼ以前に比べて長いと思われる。そ

れだけに、梅雨雲の間からこぼれて来る陽の光は等しく待っていた空の明るさ。
漏れている陽の光が川に反映してかがやいている様相は、季節感のもつ一つの味わいかもしれない。川は、光を映して新しい色彩となる。
水に映る輝きは、ときに小川であっても、大河であっても夏に向かう。

（2004年6月）

雲去りて薄日洩る道青葉風

　蔽っていた雲が次第に消えて薄日が射してきた。明るくなった風景に洩れた光が渡るとき、それまでになかった爽快感が漂う。

　弾んでくるようなひとときを盛り上げるのは、青葉風。心地よい風が寄ってきて離れていくのは、この時期特有の

動きかもしれない。
　いつの間にか、雲はすっかり と去り、明るい上空から注がれる陽はやわらかい。彩りを増した木々を渡ってくる風は、早くも新しい季節感を囲んでいるようだ。
　青葉風は川辺を渡り、川波を光らせている。岸辺の若い草木は、鴨たちと新しい季節への態勢固めに忙しい。
（2005年6月）

ゆく雲も山のかたちも夏に入る

六月を迎えると、しだいに海岸には人出、サーフィンの賑わい、波の動きも変化してくる。

遠く望めば、山脈がかすかに見える。ときに、波の線上に船が浮かんでいることもある。季節の変わりようは、海の景色も変化させることがある。

低く見える山脈は、箱根に繋がっている。背景に雲が湧き上がっている。いよいよ夏到来となったのか。

水平線が山脈との区切りを明確にしている。夏到来の時期に見る特徴場面かもしれない。

波打ち際の波がざわついている様子だ。寄せては返す波の動きも、季節によって変化を見せる。

（2007年6月）

梅雨明けや青天の雲せり上がり

一挙に空が広がり、青天の日となった。輝く空には、勢いがある。

梅雨明けは多くの人たちにとって、待たれていたところ。長い梅雨の期間には、やはり物憂い表情が出てくるものだ。

青天にせり上がって来る白

雲も、またこの期の爽やかな趣。

樹々の向こうから昇って来る白雲は、葉群のきらめきに反応しているかのようだ。重なり合う葉群にとっても、梅雨明けは歓迎されるだろうと予想される。

この青天が、いよいよ夏に向かう。今年の夏は、猛暑となるのか、涼風来たるのか。

（2009年6月）

林道や涼しき風のわたりけり

白い雲が大きく湧き上がってくる情景は、いよいよ夏来たるの思いを高めるもの。歩いてきた林道の距離は長くないけれども、涼しさを求める心情は変わりない。木陰の下を渡って来る風の涼感はなんとも快い。

林道には、大樹から小枝の

樹々までそれぞれに旺盛。木漏れ日に照らされた葉群の光りは強烈だ。
　向こう側の木陰が明るく見えるのは、木漏れ日が浮かび上がらせたものだろう。
　木陰を渡る風はやわらかだが、時おり強く吹く。これも、林道の特徴かもしれない。葉群の騒めきから、やがて静かな林道となる。
（2009年6月）

河口へと川一心に梅雨明ける

梅雨期が長くなったというのが、多くの見方である。気象庁の見解は確認していないけれども。曇天、雨の天候が続くと、つい梅雨明けを願う思いは募るものだ。

変化は、川の流れにも表れてくる。河口へと急ぐ流れの時、ゆっくりと流れていく様

子など、さまざまな形となる。

水量が増して、河口への流れが激しくなる時は、梅雨明けの報が近いと見ることができる。

激しい水の動きは、時に災害を招くことがあり、警戒を要する場面となる。

日頃、目にする川の動き、波の形は定着した情景となって継続している。

川の流れは、河口を目指す。


（2014年6月）

校門の黄薔薇に光る雨の粒

校門から続くなだらかな坂道が雨で濡れている。梅雨入りとなった。両側に植えられた黄薔薇は、鮮やかな黄色。校庭の芝生の緑と好対照をなしている。

若葉はしだいに勢いのある茂りとなって、季節は移ってゆく。

梅雨期のなかで、そっと風が吹いてきたときに、黄色い花弁は雨を包む。雨露となり粒となって光っている。小粒であっても、一つ一つが確かな存在価値を示すもの。

晴れた日も雨の日も、いっそう鮮やかさを増していくことだろう。

黄薔薇咲く坂道は、学園生活のリズムを支えている。

（2015年6月）

雲間より漏れる光や柿若葉

ついいままでどんよりと空を覆っていた雲が、しだいに去っていく。まだ雲間から洩れる光は広がってきた。青空は、もう初夏の趣。やわらかな陽射しに光って見えるのは、若葉を飾る柿の葉だ。この時期の柿の葉は、新緑を彩る一角を鮮やかに占めている。

光る葉には、勢いが感じられる。
　若葉がきらめいているのは、秋の柿の豊作を予想させる。実際にそうなるのかどうか不明だが、期待させるところが柿若葉の魅力。葉が重なって作る五月の柿の風景は、風に揺れながら、季節の移行を着実に準備しているようだ。
（2019年6月）

ウイルス禍夏鶯の響きけり

新聞、テレビ・ニュースで冒頭に報道されるのは、新型コロナウイルスの感染状況。

事態は深刻度を加えている。変異株の広がりも、注意しなければならない。外出自粛、三密警戒のなかで、情勢の好転を誰しも願うところである。

この願いに添うかのように

朝早く、ホーホケキョと鶯の爽やかな声が聞こえてきた。夏に向かうとき、鶯の声調のなんと清らかであることか。

まだ、ホーホケキョの爽やかな余韻は消えないけれど、これはコロナ禍を吹き飛ばす有力な支援力となるかもしれない。

鶯の来訪はいつでも歓迎だよ、との気持ちが高まる。

（2021年6月）

磐梯の沼の光りや夏来たり

遠方に見えるのは、まだ淡く残雪を抱く磐梯山。ゆったりとした表情は、磐梯山の魅力の一つといえよう。

樹林の近くに光っているのは五色沼。輝く湖面の青さは、たとえようのない美しさだ。

その輝きは多様である。まわりの情景を湖面に映しなが

ら、季節を進むことになる。

風が吹いてきたのだろうか。湖面に小さな波が揺れて新しいきらめきをつくっている。

野草が彩る細い林道に聞こえてきたのは夏鶯の声〈ホーホケキョホーホケキョ〉。その爽やかな鳴き声は響く。

もう夏への雰囲気を一挙に高めている。五色沼の湖面も間もなく夏の装いとなる。

（2022年6月）

国境を越えて昇るや積乱雲

夏の空に勢いをもって表示されるのは積乱雲。上昇してくる形状は多様である。
積乱雲の動きは、空の動きを変えていくが、一挙の変化は歓迎されるところではない。
機上の窓から空模様を見ているとき、ちょっと雲の動きが気にかかることがある。

順調な飛行こそ望まれるところだが、ときには予期せぬ動きが激しくなることがある。空港を出発して国境に差しかかる頃、機内案内で国境通過を知る。

さて、予想を越えて湧き上がってくる積乱雲は、依然としてその勢いを変えない。雲の今日の様子はどうだろうか。晴天の夏空である。

（2001年7月）

龍迫るごとき光を夏の天

真夏である。空には、東の方の一角にぽっかりと白雲が浮かんでいた。

　今日は、風の動きもほとんどない。上空から照り付ける光の強さは、熱気をはらんだ感。山上では、あたかも天から勢いをもった熱射の龍が、地上に光を注いでいるかのよ

うな情景となった。

尖がった山上の岩肌の向こうには青い空。爽やかな雰囲気があった。

やっと辿り着いただけに安堵感が、爽やかな雰囲気を盛り上げたのかもしれない。山上に溢れる光は、夏の印象的な一齣。龍の熱射と山上の快活度は共存していたようだ。

今日も夏の天は勢いがある。

（2001年7月）

波寄せて磯蟹走る石の陰

陽の光が波に反射してきらめいている情景は、なんとも快い機会となる。波の形はさまざま。大波、小波、その間の中波も近づいて来る。

波の広がりは、遠くに見える水平線にまで繋がっているのだろうか。

水辺は寄せる波、返す波の

入り口であり、出口ということになる。わずかな間隙を縫って懸命に走る小さな磯蟹。水際すれすれのところを駆けて石の陰を目指す。水辺の一場面ということになる。

　小さな蟹の走法は、意外に早いということができる。ちょっとオーバーにいえば、生存を賭けた走り方なのかもしれない。頑張れ、磯蟹よ。

（2005年7月）

風そっと泰山木の花包み

海から来る涼風は、いよいよ夏の味の一つとなる。松林を越えて、坂道を越えて寄せ来るとき、緩やかに、ときには強いふるまいを見せる。

雑木林に悠然と立つ泰山木は、夏を迎えて大きな白い花が鮮やかだ。陽を受けて白い花が輝いている。

その輝きを一層増すのは、海からの使者・涼風かもしれない。使者となった涼風は、静かに、ゆったりと白い花を包んでいる。

使者は、花になにを伝言したのだろうか。明日の花弁の開き具合に、その答えが表れる可能性は高い。

泰山木の白い花は、また海からの新しい使者を待つ。

（2006年7月）

海に向き潮の香を利く浜昼顔

晴れた日の夏の海岸には、泳ぐ人、走る人、語り合う人など、さまざまな人模様が繰り広げられる。

はるか遠方には、波の光りの向こうに島影が見える。

浜辺の賑わいは、夏を盛り上げる。近くの砂上に咲いている浜昼顔も、その彩りをつ

くることに懸命のようだ。

砂地を這うように延びていく様子は、明らかな存在感の誇示と受け止めた。

海に向かって咲く花は、潮の香を求めているのだろうか。晴れた日、雨の日、風吹く日によっても、風景が変わってくる。

晴れた日には、潮の香に添う浜昼顔の雰囲気を味わおう。

（2009年7月）

白雲のなかに光の夏来たり

注ぐ陽射しがしだいに強くなってきた空には、白雲が広がって、やわらかな情景をつくっている。白雲の形状は、さらに上空へと昇っていく様子。夏が来たなぁという実感を抱くきっかけとなった。空の青さの一角に漂う白雲から、光が漏れている情景もいい味

となる。

　雲の流れに勢いがあるとき、情景は大きく変わる。雲の動きは早く、ときに遅く、その折々の変化は、その時の空の気分にゆだねなければいけない。

　今日も快晴、上空の気分はいいと独り合点することにしよう。白雲は、空の青さを引き立てる役でもある。

（2012年7月）

噴水や白き勢い涼呼びぬ

広い林の一角を彩るのは、並んだ噴水の情景。それぞれに暑かった夏の清涼を促してきた。

噴水から受け止める思いは各様だ。それでも、白い噴水の吹きあがる景色は快いもの。

樹木に覆われた森の明るさを表現しているのは、噴水。

夏の暑い日には、そこに陽気さが漂っている。
噴水の柱は七本。同じくらいの高さで涼感と爽やかさを醸成している。吹きあがっている勢いはなかなかのもの。たしかに園の夏という季節のなかで、存在感を持っているといえるようだ。
子どもの弾んだ声が、噴水に乗って聞こえてきた。

（2013年7月）

雨上がり風にきらめく蜘蛛の糸

細い蜘蛛の糸がそっと吹いてきた風に揺れている。その揺れ方は、切れるのではないかと思えるほどの様子。

雨の降った後、蜘蛛はいったい、どのようなふるまいを見せるのか、関心の寄せるところは、きらめく蜘蛛の糸の変化である。雨は止んだが、

蜘蛛の糸の張り方や強さに影響があったのか、気になる点だ。

まだ、きらめきは続いている。蜘蛛は、決して自らの陣営を放棄することはない、といわれる。崩れた陣地は修正して、機会を待つ。

糸による陣地の確保は、重要な態勢維持に繋がるのかもしれない。

（2015年7月）

国境を映して夏の波来たり

対岸に見える白い建物、煙突はロシアの情景。目前の大河はロシア・中国間の国境となる黒龍江だ。

いま夏の陽を受けて、滔々たる河の流れとなっている。川面に映った白いビル群が印象的である。

ロシア経済の一角を示すとも

いえよう。この国境地帯は、冬季にはスケート場となる。そこは、民族の違いを越えた楽しい冬の機会になっている、とうかがった。

この黒龍江の真ん中がロシア・中国の国境線となる。かつて、さまざまの歴史の展開があったと想像されるところ。七月、河の青さが強烈なものとして記憶された。

（２０１５年７月）

浜木綿の花白く雲を呼ぶごとし

白雲が盛り上がり、青い空に鮮やかに浮かび上がっている。真夏の誇示だ。

幾重にも層をつくる白雲の情景を引き立てているのは、浜木綿。ゆったりとした花弁は、白雲を呼んでいる形となった。

爽やかな海風を受けて、浜

木綿が揺れる。海岸の歩道近くに咲いている白い花弁に、見とれて立ち止まるのは、散歩を楽しむ人たちだ。
　白雲が動き出した。ゆっくりとした空の表情は、海風に乗っているかのように見える。この期の特徴かもしれない。
　浜木綿の白い輝きが、雲の表情をいっそう多彩に見せる日となった。

（2021年7月）

盛んなる薔薇群となりなお赤く

見上げると、もう眼前いっぱいの薔薇の花。花々は群となって、まわりの空気を占めている。陽を受ける薔薇、影をつくっている薔薇、さまざまな形は、まさしく群となって迫って来るではないか。

赤い色彩は、陽を受けて強烈に位置を示す。晴れた日、

雨の日にかかわらず、それぞれの位置を固く維持しているようだ。
　咲いている表情は静かだが、おっとりしたようには見えない。秘めているのは熱い思いかもしれない。薔薇を見る人たちは、その表情の変わり方に気づけるだろうか。
　日々の時刻の変化も、薔薇の美しい生命を映している。
（2022年7月）

陽のなかに桃色の蓮毅然たり

初夏の陽を受けて空に立っている桃色の蕾を付けた蓮の表情には、やわらかななかに毅然とした雰囲気があった。

大きな葉を従えたような立ち位置は、悠然としたもの。風が吹いてきても、あまり揺れ動くことはない。

やがて、また蕾から開花へ

とときが動く。開花した蓮も美しいが、開く前のかたちも一つの魅力を持っている。
　蓮の美しさは、空に向かっているときだけでない。水辺に咲いて蓮の魅力もまた大きいと、言わねばならない。
　その際は、白蓮がいっそうの輝きを見せる。白蓮の咲いている水辺の賑わいも確かな快い情景といえるようだ。

（2022年7月）

樹々揺らす力ありけり蟬しぐれ

真夏の暑さをいっそう高めるのは、蟬しぐれ。ここぞとばかりの反響である。

その響きは、周囲の動きも巻き込んだ情景をつくっていく。途切れることのない蟬しぐれは、揺さぶるかのごとき力がある。

樹々に伝わっていく響きに

は、まさに〈いま生きる〉を表明しているようだ。

蟬しぐれは、今日もまた快調な響きをつないでいるが、その期間は長くない。

蟬しぐれの響きには、なにか哀愁めいたことを連想させるものがある。

晴天の日、ひととき木陰で蟬しぐれに包まれることも、あっていい。

（2002年8月）

滴りや岩から岩へ風涼し

暑い日差しが照り注ぐ。坂道を登って、岩場にたどり着くまでには、一苦労を伴うことになった。

それでも眼前に広がる景色のなかに、岩から岩へと強い勢いで滴り落ちる水の情景は圧巻。清涼感をいっそう高めていた。

岩に散った水滴は、陽を受け彩りをつくる。水滴に反射したきらめきは、また新たな美しい場面となる。

岩場を切り抜けてきた夏風が彩りを広げていくとき、夏風は涼感を織り込んで、暑さを凌ぐ役割を果たしている。

岩場を通り過ぎていく風の効果の大きさは、予想を越える実感となる。

（2002年8月）

敦煌へ夏樹林の輝けり

敦煌は中国の西域に占める砂丘のなかの大都市。その史跡としての存在は確固たるものといえる。

荒寥たる位置に立つ敦煌への行程は極めて長い。飛行機から見える情景の一つは、限りなく広がる砂の丘陵、幾重にも砂上の波だ。

空港から自動車による敦煌行きには、かなりの時間を要することになる。陽の照りつけるなかで行程を急ぐのは、車中のメンバーも同じ思い。
道路の両側には、生い茂る高い樹林が覆うばかりに延びている。その一角に、大きな葡萄畑が見えた。葡萄酒をつくっているとのこと。
輝く樹林は、西域の香り。
（2006年8月）

街中に占める植木の夏の象

かつて八〇年代には、バンコクの賑やかな通りをゆっくりと象が人を乗せて通る風景が見られたものである。

喧噪の街中の特徴ある一場面と写ったことは確かだ。そうした名残としてか、植木で作った象形が街路に沿って立っている。目に留まるところ。

ゆったりと歩む象の姿勢が一つの表現となっているようだ。
自転車、自動車、それに人出のなかで、なかなか象形の植え込みは快く写る。
バンコクの街頭の賑わいは、続いており、象形の植え込みは安定した位置を保っているようだ。
ちょっと落ち着く場面となる。

（2008年8月）

夏の浜老漁夫草を植えてをり

湘南海岸の夏は、泳ぐ人、サーフィンを楽しむ人、浜辺で憩う人などが押し寄せて賑わいを見せる。

炎暑の海辺の熱気は、ますます上がっていく。はるか遠方には、島影が見える。漁船も小さく見えている情景。

暑い日が続くと、小さな草

地帯がさらに縮小していく。
砂場の一角にある草地は、漁師にとって大切なところ。
その日、一定の面積を囲っている場所に、老いた漁師が砂を掘って草を植えていた。
漁場のなかに草地をもっていることが必要だ、と語る。
暑い砂地で、どれくらいの草苗が育つのか。草苗よ、頑張れ、と声援を送ろう。

（2008年8月）

海風のつらぬく林夏盛ん

日差しの強い日、海岸に向かう松林は、快適な木陰をつくる。長く続いた道は恰好の散策の場。

吹いてくる風は、四季折々の表情を見せるが、盛夏の松林の間を突き抜けていく動きがきわめて快調だ。

松林の間を縫って流れる風

は、夏の光りと一体となって渡っていく。
　木陰が明るくなって、周りの景色を浮き上がらせるのは、夏の光りによるところ。光りは松林を包んで離さないようだ。
　そのなかで、白いユリの花が凛として咲いていた。松林が描いた夏の一景であろうか。松林は海風と共に、夏となる。
（2009年8月）

池の隅圧倒白き水芭蕉

池の水辺は、夏の陽を受けきらめいている。その広がりのなかで、水芭蕉の白さが一挙に浮かび出る情景。清涼感がゆっくりと漂う。

水芭蕉が水辺に占める位置は、まわりの水性植物からはぐっと浮き出たような印象となる。

遠くからも、白い水芭蕉の大きな花弁は鮮やかである。

池の水面は、吹いてきた風のせいで揺らいでいたが、また静かな波の面に戻っている。池に吹き寄せる風の動きは、気ままなものだ。東から、ときに南から。

この風に水芭蕉は、あまり影響を受けることはなさそうである。

（2013年8月）

風来たり夏を唄うか赤き薔薇

陽を受けた赤い薔薇の色は鮮やか。それぞれに薔薇の一群は薔薇の強い一軍となった感である。薔薇の赤さは、固有のものとなって花園を飾っている。

今日も日差しは強いけれども、それを受け入れた薔薇には、何か言いたげなことがあ

るようだ。
　薔薇園を形成する薔薇は、ささやかな香りも魅力の一つかもしれない。
　陽の光の強い日、弱い日、それぞれに薔薇の印象は固有の位置を保っている。その印象によって違った薔薇の魅力を確かめる場面がある。
　今日は薔薇が大きな輪となって、夏を唄っている。

（2020年8月）

島影を望めば迫る夏怒濤

炎暑の日の海は明るい。波のはるか遠方に島影が見える。はっきりとした島の像は、夏の海が映す特有のものかもしれない。

賑わう海岸の人の波、寄せては返す波、その活発な動きの先に見えるのは島影。夏の勢いは、怒濤となって迫って

来るではないか。この大きな波も夏の海の味。

海の盛夏の期間は、それほど長くない。この海の場で、恋が生まれ、ときに人生の新しい機会がつくられる。

今年の夏の海は、活発な様相となっている。東京五輪の成功と関連するところは、多いようだ。

夏怒濤の本番といえる。

（2021年8月）

蟬の声聞きひとり居の漁師小屋

松林から聞こえて来るのは、盛んな蟬の声。盛夏を彩る響きでもある。

天気もいいので、散策の道から一挙に海岸に出る。大波、小波が打ち寄せる遠方には、島影が見える。かなり、はっきりとした像と映る。

途中、見つけた漁師小屋

は、昼過ぎの時刻であったので、無人の状態。ちょっと一服と腰を下ろした。
　そこに寄せてきたのは、目前の海からの涼風、聞こえて来たのは激しいばかりの蝉しぐれ。静寂と喧騒が同時につくる一服の場面となった。
　なんとも心地よいひととき。この夏の爽快な気分の独り占めとなる。

（2021年8月）

夏風のざわめき包む竹藪かな

一画を竹藪とする郊外は意外に静かだ。小さな騒音を竹藪が包んでいるのかもしれない。

風が吹いてくると、葉音が騒めく。そんな音のなかにも、季節の移りがある。春から夏への移行は、竹藪のなかにも示される。

竹の根元には、強い雑草が

覆っている。雑草から成長ぶりをたしかに伺うことになる。

夏の竹藪の効用は、やはり竹の間を縫って通る涼風の心地よさだ。春の竹の香りから涼風を呼ぶまでの成長ということになる。

竹藪は、今日も静かに郊外に立つ位置を保っている。寄せてくる独特の清涼感は、なかなか得難いもの。

改めて、竹藪を見る。

（2021年8月）

やわらかな影を包んで薔薇弾む

やわらかな陽を受けて薔薇園は、一つの赤い噴水の趣を呈している。その形状は、高くないけれども、落ち着いた雰囲気を醸し出しており、薔薇園の魅力を押し上げている感があった。

花の景色は一様でないところが、また薔薇園のもつ拡が

りをつくっている。

　薔薇園の影の部分を見落としてはいけない。陽と影のバランスが園の感性を高めている。

　花に顔を近づけてその香りを求めている人たちがいるが、どれだけ香りを楽しめたか。薔薇の香りは、浅く薄いという見方もあるが、どんなものだろうか。

　薔薇はすべてを包んで、ちょっと弾んでいるようだ。

（2019年9月）

ゆるやかな白の輝き薔薇揺れり

その日、初秋を思わせる日となったが、やわらかい日差しは季節の移りを映していた。園のまわりに鮮やかな輝きを放っていたのは、白い薔薇。すでに白い輝きをつくっていた。

その輝きは、意外にやわらかな表情を醸し出していて、

ゆったりとした形状だ。

　ときおり寄せてくる風に白薔薇はあまり大きく揺れることはない。風を受けて流している格好だ。

　余裕をもって咲いて立つ。日差しは、花を支える葉にも注がれる。

　白い薔薇は、それぞれに季節の移りゆくなかで、固有の美しさを競っている。

（2011年9月）

秋

朝顔の雨滴を容れし気色かな

朝顔の雨に濡れて咲いている情景は、なんとなく風情を高める。さりとて、晴れた日の朝顔の表情も、また新鮮な彩りとなって快い景色をつくっている。

街路の小道に植えられた朝顔の表情はさまざまだが、狭い空間が明るくなる。

そのまわりを見渡すとき、一隅に咲いている白の花に目が注がれる。青、紫の朝顔もさわやかだ。

ひもで結ばれた朝顔のつるは自在に伸びていく。新しい咲き場所を求めているのだろうか。

雨滴を容れた朝顔の表情は、季節の挨拶となっているのかもしれない。

（2012年7月）

降りしきる雨の朝のカンナかな

雨は小止みなく降っている。昨日の雨がまだ続いている状態。暗い空模様がいつ変わるのか、そんな思いの朝を迎えた。

海に向かう道路には、少し水たまりができている。沈んだ情景のなかに、ぐっと浮かび上がるのは、赤いカンナの

花。雨のなかのカンナも一つの趣をもって映る。

植えられたカンナの花群は、背景の木々の緑と対照をなしている。

朝の明るい雰囲気を高めたのは、雨の効用といえるかもしれない。雨に濡れた花弁の色調が鮮やかに見えた。

花弁は小雨をこぼすまいと支えているようだ。

（2003年8月）

紅カンナ赤く海辺の王者なる

海の風が吹いてくる。この風を受ける花々は、歓迎の意を表して挨拶が整う。どの海辺にも、共通した風と花の関係である。

海から来る風には、塩分が含まれているようだが、ほとんど気にすることはない。いま賑わっている海辺の花壇へ

の関心を、優先することにしよう。
花壇には、夏の花が美しく咲き誇っているような雰囲気がある。それぞれに固有の美しさを包みながら、季節を彩る王者を目指す。
紅カンナの赤い色は、青い海を背景にして様相を引き立てる。海風を受けて振り向くような動きとなった。
（2005年8月）

晩秋の海風に添う葉騒かな

夕月が淡く浮かんでいる空の趣には秋の深まりが漂っている。

海から吹いてくる風は時に強く、時にやわらかい。静かな時間のひとときに、木々を渡るたびに葉騒が聞こえてくる。

樹々を揺らしてきた海風に

よって、葉群が音を立てる。樹々によって異なるけれども、葉騒となって秋の深まりを感じさせる情景となる。
海風は松林を抜けて吹いてくるだけに、時にはかなり勢いをもつことがある。静かな秋風とばかりにはいかない。
葉音のリズムは、確かに秋の訪れ、秋の深まりを知らせる音ともなる。

（2002年9月）

流木を集めて海岸秋来たる

海岸の向こうには、太平洋に続く波が見える。この広い海岸に打ち寄せられた流木の様子には、さまざまな感慨が湧き上がってくるかもしれない。

波の間に間に漂った歳月が流木のあっさりとした鈍い光りにうかがうことができる。それぞれに一様でない流木の

形状は、まさに流木の歴史を物語っているようだ。
　偶々この海岸に打ち上げられたものの、それも自然の営みとなって、続いているものといえようか。
　海岸をつくる砂も、一様でなく、場所ごとに違った景色を描いている。打ち寄せる小波が大波となって、新しい海岸の動きをつくる。

（2019年9月）

暸たるや月光九月遠ざかり

月光は冴えて地上に注ぐ。ことしの秋は早く来たようだ。

夜空に輝く星群は秋を彩る美しい情景。夏から秋へ、季節の歩調はたしかな移行へと繋がっていく。

澄み切った夜空に月の光が輝いているとき、ふと遠い日のことが思い出されることが

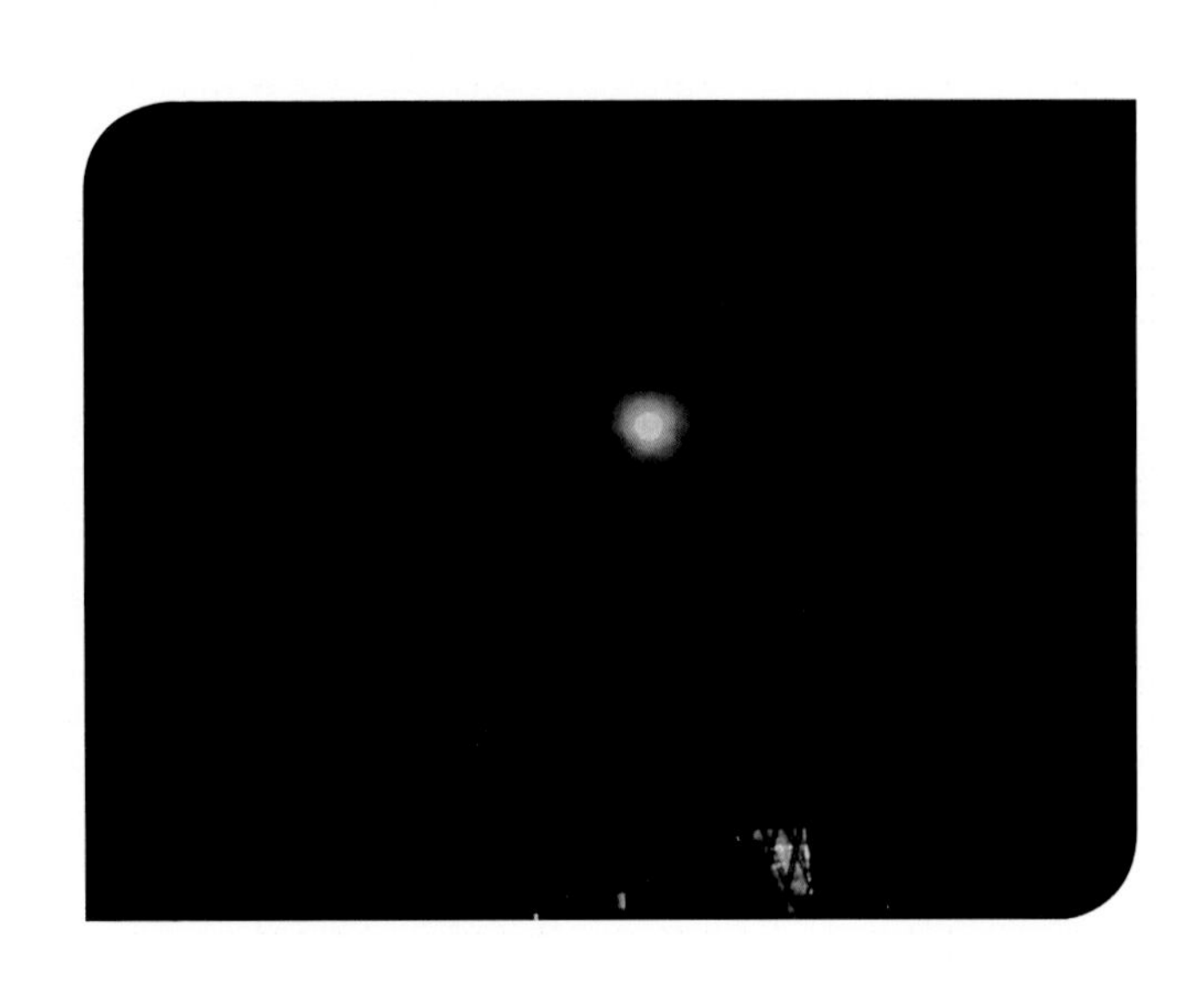

ある。一つの感慨。季節の移りは、月の位置、雲の動きによっても気付かされるもの。
月が昇り、やがて夜空を制する光となって放つ威力は、大きいといえよう。人々に月光への魅力となって迫るのはその大きさに違いない。
九月も終わりに近い頃、月光は静かに遠ざかっていく。
（2020年9月）NHK俳句コンクール入選・令和2年度

夕暮れや木犀の香を独り占め

小高い坂道が続いて町の夕暮れは、静かなひとときをつくる。わずかな時間の流れのなかに、どこからか金木犀の香りが漂ってくる。しばし、その香りのなかへ。

金木犀の小さな黄の花が、飾りとなっている。

もう香りは坂道を包んだ形

となって広がってきた。金木犀の香りを味わう贅沢さを楽しんでみよう。こんな秋の夕暮れがあっていい。

爽やかな金木犀の香りを独り占めにするのも、それほどわるくない。

人の流れの多くなるなかで香りは静かに広がっていく。まだ香りは町を包んでいる。

（2003年10月）

川岸のすすき夕日を包むかに

夕日を受けて秋の川が光っている。さあーと吹いてきた一陣の風が波をつくり、波がきらめく情景となった。

川岸には、覆うばかりのすすきが広がり、もう仲秋へ向けての態勢づくりとなっている様子。枯れすすきも、見え隠れしていた。

風を受けたすすきの揺れが大きなうねりとなって、川面に映る。その情景には、すすきが夕日を包みながら流れている趣があった。

また、風が吹いてきた。川面に映る夕日のきらめきは、光を加えたようだ。

川岸の風景をつくるすすきの動きも、十月から十一月に移る頃には、変わってくる。

（2004年10月）

輝きを競うもみじの箱根かな

秋の箱根路は、紅葉の美しい景観となる。坂の道、下り道を囲む樹々は、もう秋色に染まっている。

林の向こうに見えてくるのは芦ノ湖。風に揺られて湖面がきらめいている。

毅然と立つ雄姿は、富士山。白い雲がかかっている。

その清冽さに驚嘆を隠せない。
湖面の先に見えるのは、箱根神社の赤い鳥居だ。かつて源頼朝が平家滅亡を祈願したところと伝えられる。
その箱根神社を囲む周りの景色も、紅葉の盛りとなって輝いている。
箱根の歴史は時代の流れのなかで、つねに新しい息吹をつくってきたといえる。

（2004年10月）

島影を映して海の冬隣

波が反射してきらめいていた海の情景にも、しだいに変化が表れてきた。秋の気配は短い期間で、次の季節へと移っていく。

暗雲の垂れこめた海の色は濃く、陽を受けて輝く機会が少なくなった。暗雲の日の風も、だいぶ強くなってきた気

配だ。
　秋が深まる頃の海の風景は、もう冬到来の予感を強めることになる。遠くに望む島影がしだいに色を濃くしてきたように思われる。
　秋から冬への季節の移りは、海岸の人の動きにも表れてきた。あの賑わいが遠くなった。寄せてくる波が大きく見えるのも、その証かもしれない。
（2004年10月）

古木立つ樹林にそっと秋の風

秋の風を受けて古木は存在感を示している。長い歳月を経て来たであろう表情は、まさしく森林公園の象徴たる風格だ。

古木とはいいながら、なんと新しい葉も息づいているではないか。周りを囲む深緑の葉群は、古木への声援となっ

てるのかもしれない。

深緑のなかに立つ古木は独特の雰囲気を持っている。季節の移りようは、それぞれに異なるもの。

そうした周りの動きに呼応しながら、今年も秋の態勢準備に忙しい。

秋の木々の様子は、そのまま秋をつくる主要素。紅葉、黄葉が進むと本格的な秋だ。

（2005年10月）

雑草に響く虫の音雨上がり

それまで降っていた雨が上がると、待っていたかのように草むらから虫の音が聞こえだした。しだいに大きく響いてくるではないか。

もう秋の響きともいえるもの。旺盛な虫の音の合唱となっている。草むらから虫の音の響きの塊のようになって奏

でる表情だ。

雨は止んだけれども、雨滴が草むらから落ちないまま、あるいは落ちて地を潤しているのかもしれない。

意外に雨あとの虫の集く様子が早いことに驚かされる。雨の止むのを待っていたのだろうか。

さわやかな虫の音は、まわりの草の景色を包んでいる。

（2006年10月）

全山にわたる紅葉輝けり

坂道を登って辿りついたところは頂きあたり。全山を覆うばかりの紅葉が目前に広がる。その絶妙の色彩に、紅葉への新しい共感が生まれてきた。

吹きよせてきた微風に陽を受けた葉群が輝きを放つ。紅葉の確かな魅力を表示してい

るかの様子。

曲がりくねった道の上には、わずかながら舞い落ちた紅葉も見られたが、それも静かな情景を高めるのに役立っていたようだ。

しだいに頂きでの時間も経過した。下の方から、ときおり歓声が聞こえたが、美しい紅葉への讃歌であったのだろう、と想像した。

（2008年10月）

野の風に桔梗揺れいる丘に立つ

夕刻が近づいているが、まだ明るさを維持している。この丘から見える風景では、遠景を望むことができる。

吹いてくる風は、ちょっと寒さをにじませた感。秋半ばの頃には、野に草花を美しく飾ることになる。

桔梗は、白色の美しさ、紫

色の美しさを見せてくれる。

　丘に吹いてきた風は、野に咲いた桔梗の花を揺らせている。風の吹き様で、その動きは変わっていく。

　風の変化が桔梗の花の揺れ方に、影響をもつのは当然であろう。野に咲く桔梗は、強いといわれる。

　風に揺れている桔梗の舞台は、やがて夕刻を迎える。

（2009年10月）

秋の陽や王朝遺跡時映す

秋の陽を受けて建つ遺跡は、威容であった。タイのアユタヤ王朝（一四世紀後半から一八世紀後半）を偲ぶ赤煉瓦造りの建物に、盛時をうかがうことができる。

遺跡の近くを望めば、チャオプラヤー河がさまざまの歴史を織り込んで滔々と流れている。

　かつて一七世紀に存在した日本人町も重要史跡として保存されている。一説では、かの関ヶ原戦で敗れた武士らの一群がアユタヤを目指した、といわれている。新しい天地を求めざるを得なかったものはなにか。
　はるかに遠い異国の地で、去来したものは、切ない望郷の思いであったのか。
（2010年10月）

秋空に描く白線飛行機雲

見上げると紺碧の空。中国の東北地域、黒竜江省の山脈の一隅でのピクニック。

研究フォーラムを終えての交流会だけに、気分も弾んで、それぞれの国の話題も往来した。

行程の一つに遺跡めぐりがあって、古代石窟を見た。

紅葉、黄葉の林は、秋の深まりのなかで鮮やかな色調を構成。眼下に遠く望むのは、白い波を立てて流れる大河の風景であった。
樹間から聞こえる爆音に驚いて見上げた空には、まっすぐに走行する飛行機雲。青い空に白い大きな線が描かれてゆく。
飛行機雲はまだ消えない。

（２０１８年10月）

松林走り来る風十月なり

海から吹いてくる風は、日によって変わる。季節の変化の兆しは、風の吹き様で実感することがある。

長い松林は、並木となって海の方から続いている。当然のこと、海から寄せる風の勢い、強さは、折々の季節感をつくっているといっていい。

松の道には、枯れた松葉だけでなく、小さな松も成育しているのが興味をそそるところ。
松林の歓声が上がるのは夏だ。海を目指す若者の自動車が松林の一角に駐車してざわめきをつくる。海へ向かうときの楽しさかもしれない。
十月を迎えると、松林を渡ってくる風は、もう晩秋の趣。いよいよ松の道を風が走る。

（2019年10月）

鷹優勝秋天に旗躍りけり

限りなく広がる秋天に揺れているのは、鷹（ホークス）の旗。

二〇二〇年、日本シリーズに九回目の優勝を成し遂げた。球団史のなかで一九五九年に南海・鶴岡監督のもと、初めての覇権。ダイエー時代には一九九九年に王監督が優勝。

二〇一一年の秋山監督が優勝、二〇一五年に工藤監督のもと、覇権を得て常勝軍団と呼ばれる。対巨人戦は四連勝、球団九回目の覇権は二年連続四連勝の試合記録をもつことに。

日本シリーズ戦では、巨人ジャイアンツとの熱闘が印象深い。球史のなかでソフトバンク・ホークスは新しい歴史をつくってきた。

（2020年10月）

鴉鳴く柿たわわなる日暮れどき

鴉の鳴き声に目をやると、日暮れ時の柿の木いっぱいに実を付けた情景がクローズアップしてきた。

こんなにたくさんの実がつらなっているのは珍しい。夕日に照らされて、それぞれに輝いている情景は秋の色彩。うまそうになる予感さえ与え

てくるものだ。
柿の実は、幼い頃からなじんできたが、味となるとさまざま。どの柿がうまいか、下校の際に仲間と柿の実を翳って競争したことも懐かしい思い出の一つだ。
実をいっぱいに付けた柿の木には、もう葉がほとんどない状態。秋の深まりを示しているのだろうか。
（２００３年11月）

森紅葉ひとときの間の豊かなる

森の色は四季によって変化し、その変化を楽しむ試みは古い時代から続いてきた。

華やかな色彩で森を描くのは秋。林道がしだいに紅葉黄葉に移り変わっていく様子は、見る人たちにとって、満足感を与えずにはおかない。

殊に、紅葉の森には人々の

気持ちを包んでしまう魅力がある。紅葉の美しさのなかに置いている時間は、ひとときの間の豊かな流れになっているのかもしれない。
　林道を彩る森の照紅葉は、今年も期待に応える情景をつくっていた。
　見る時期が変わっても、年毎に景色の美しさをそれぞれに味わうことができる。
（2008年11月）

白雲の池に映りて秋来たり

その日、北鎌倉の陽は高く風に舞っている木の葉も黄色を濃くしていた。季節の移りを思わせる情景であった。

駅近くの小道に入ると、随所に岩と組み合わせた池の雰囲気が快い。水面に映っているのは、白い雲。吹いてきた微風に水面の白い雲は揺れてい

る。秋の到来を示す一景だ。
池の周りの木々の葉も少し変化してきている。強い緑色から淡い黄色へと移りつつある。ここにも、古都の静かな秋をうかがうことができる。
水面に映る白雲は時折、動いているけれども、池を包む情景は、ゆったりとしている。
白雲のかかる松の枝ぶりも、たしかな風情を構成する。

（2022年11月）

柿の実の光りて天に応えたり

秋の陽を受けて、大きさを誇示するかのように、柿の実がたわわとなっている。その存在感は確たるものだ。

十一月を迎えて、柿の葉も色を変えてきた。緑色の範囲がしだいに狭まっている。その分、橙色が葉の主要となった。

十月から十一月への気温の

変化は、植物にも反映していく。柿の実の成長と囲んでいる葉の色調の変化は、併行して進んでいくようだ。

好天のもと、柿の実は輝きを増して、天に向かっている。それは、実の輝きによって、空に、天の声に反応しているといえないだろうか。

今日も紺碧の空を背景にして、柿の実は光っている。

（2022年11月）

休む間もなく大樹の銀杏散る

秋の青空に聳え立った大樹は銀杏。空を覆うかのように広がりは圧巻である。

神宮の銀杏並木は東京の秋の景観として、その位置を確定しているといえよう。

かつて神宮の森をつくるにあたって、構想し設計した先人の思いは、見事に受け継が

れている。広大な神宮の森の一角を占めるのは、神宮球場。どれほど多くの球史を積み重ねてきたことか。
　学生野球、プロ野球が繰り拡げてきた熱闘は、ファンをいつも興奮の渦に駆り立ててきた。
　大銀杏の並木が続く。青空を覆って悠然とした静かな時間が、そこにある。
（2022年11月）

第4章
冬

飛び立てる鴉の先に木守柿

垣根越しに見える柿の木には、一つだけ光っている実が夕景にクローズアップ。

すっかり葉が落ちているだけに、木守柿の実の存在は貴重と映る。陽が沈む前のわずかな時間の合間、やや明るい雰囲気が漂っていた。

静かな情景に目をやってい

るとき、鴉が飛んできた。もちろん目指すは木守柿。
　柿の実に向かって飛び立ち、実を突く場面となった。もともと一挙に噛むことは無理で、突く状態を繰り返していたが、やがて鴉は気まぐれ、飛び去って行った。
　皮を突かれた柿の実の形状は崩れたまま。それでも、皮を夕日が照らしていた。
（2009年10月）

陽光の突き刺しており初氷

冷え込みが一挙にきびしくなったと感じた翌朝、窓を開けると、庭の水鉢がきらりと光っている。

「初氷か」の思いは、これから迎える冬の季節を予感させるものがあった。

初氷のきらめきは、周りの小さな風景をクローズアップ

させる力があるようだ。
　薄く張った氷は、しばらく光彩を放つことになる。雲の流れは西へ。このまま気温の低下が続くとすれば、陽光は弱まるかもしれないが、依然として氷を照らしている。
　松林を渡って吹いてくる風は強くなった。初氷の表面をさらりと吹き抜けていく様子は、この時期の動きだ。
（2010年11月）

風に聞く落葉の道どこまでと

風が流れるのにしたがって、木の葉が舞い落ちる。秋が深まると落葉の道となって続いている。

一筋の長い道は、いままでとは異なる風景を描き出した。舞っているなかに自分がいる、という実感は少ないけれども、その経験は得難いもの。

また、風が吹いてきた。ざわついた雰囲気が盛り上がってくると、もう落葉の世界となる。

落葉は舞い、落ちて場所を変えてゆく。この風景がどこまで続くのだろうか。

風は音を立てて、新しい落葉の場面をつくっていく。そうして、昨日までとは違った落葉の道となる。

（2018年11月）

こぼれ陽に冬の葉ここぞと光りおり

十一月を過ぎると、日差しの力が弱くなる。ごく自然の現象といえるもの。木々の葉も、紅葉、黄葉の季節となる。

やがて、秋から初冬へ。季節の移りは予想を越えて早い。山の景色、山の色の大きな変化となる。変化は山に限らない。並木道も、庭木にもその

形容を浮かび上がらせる。

庭の鉢に薄氷が張ると、もう冬の到来。あちこちで枯れ葉が舞い、風が強くなる情景が広がってくる。

こぼれ陽が漏れて庭の樹木に注がれると、冬の葉が勢いをもって悠然と光っているではないか。

こぼれ陽のなかで、しばし活気を誇示する機会となる。

（2021年12月）

雲流る富士山頂の雪掠め

雲の動きは空の表情を見るうえで、欠かすことはできないところ。雲の広がり、雲間の光りはどうだろうか。

海岸から眺望するとき、時期によっても富士山の表情は変わりうる。

この日、澄んだ空を背景に冠雪の富士山頂には、雲がか

かり流れる動きとなった。雲の動きは、時間のなかで移っていく。
山頂の雲をかすめた淡い白雲は、風の流れに沿って、また動き出した。
冬の富士山は四季のなかで美景をつくる。殊に、冠雪の雄姿にわずかな雲がかかっている情景は、いっそう秀麗さを浮き彫りにする。

（2003年1月）

風花の光りつ舞いつ海に消ゆ

一月の暗い空から舞ってきたのは風花。風に吹かれて、あっちこっちと飛んで行く。まさにその飛び方は、自在と形容できるかもしれない。

ときに光りながら、舞いながら、あっという間に消えていく。

この動きは、海の近くでは

いっそう顕著となる。

風花が海に出るには、松林を越えて飛んで行くことになる。その時の風の勢いで、方向は確たるものではない。

やがて、海の方向に飛んで行った風花は、海のなかへと消えていく。ときおり、見えるきらめきは、移る季節の挨拶だろうか。

風花を待つ海は静かだ。

（2022年1月）

春近し木々の装い風渡る

春が近づいてきたのを実感としてとらえる機会は少なくない。木々の青葉も日毎に大きくなるようだ。

春への態勢が確実に整ってきたことを示すもの。葉が陽を受けて輝くのも、その特徴的場面といえる。しだいに春へ向けた動きが前進してくる

のを歓迎する心情を多くの人は抱いている。春接近は、その動きを乗せて野に、街路樹に映していく。

空の広がりのなかで、春陽が輝くとき、早春を等しく実感することになる。

枝群を飾る若葉は、やがて一つの群となって、勢いを示す。そこに、爽やかな春の風が吹いてくる。

（2012年3月）

旋回の鳶遠山の雪解けず

晴れた日の連峰は、一つの威容となって迫ってくる。ときには、峰の向こうの見えない景色にまで想像を膨らませることがある。

春近い季節を迎えて、上空も明るさを増してきたようだ。春よ来い、の気分が高まってくる時期。

悠々と上空を旋回しているのは大きな鳶。ゆったりと飛んでいる動きは、ちょっと気にかかる。ダイナミックな旋回ぶりは鳶のもつ特性なのかもしれない。旋回の背景に浮かぶ山の頂きには、残雪が見える。ここには、春はまだ早い様子だ。旋回する鳶は、もう春の兆しをつかんだにちがいない。

（2013年3月）

冬晴れの丘さわやかに風車

冬晴れの日差しは弱かったけれども、久しぶりの青空を背景にして、丘に立つ風車がさわやかだった。

横浜の「港の見える丘公園」のなかの風車は、冬空を背景に存在感があった。

風車は、かつて明治二十九年（一八九六年）フランスの

領事館が置かれた場所にある。現在の領事館跡には、その遺構が残されている。

歴史を辿れば、幕末の開港直後、あの生麦事件が勃発した。フランスは、自国民の保護のためにフランス軍を急遽駐留。このことが、フランス山と呼ばれるようになったと解説されている。

風車は歴史を映して立つ。

（2021年3月）

きらめいて波が島へと春隣

波の激しさが海の色を変えて迫ってくる。冬の波の動きが、その激しさを物語っているのであろう。

遠景に望める島影も、天候によって影響を受けるのは避けられないところ。

海面のきらめきの状態は、どうだろうか。島影がしだい

に、はっきりしてきた時期は季節が一歩移っている、と見ることができる。

冬の荒々しい海面の様子が、少し穏やかな日が増えてきたとすれば、春への確かな移行といえる。

波がきらめいて、島影を揺らしている。春隣への動きだ。

（2021年3月）

NHK夏の俳句大会入選・令和5年度

白壁や光のなかに春隣

やわらかな陽が城郭の一角となる白壁を照らしている。静かな冬三月の、二条城のひとときとなった。

照らされた白壁の表情は、依然として変わらないけれども、そこにはやや違った側面の存在がうかがわれた。

光を受け止めた白壁の白さ

が、ゆっくりと受け入れているような場面。白さが鮮烈に跳ね返ってきた。

やがて来る四月への準備態勢の一つかもしれない。白壁に注がれた光は、薄い影の部分をそっと明るくしている。

白壁と光の相性はいい。この相性度が、春を告げることになるのだろうか。春は、もうそこまで来ている。

（2022年3月）

第5章

新年

江の島へ風の道あり大旦

年が改まり、新年という響きは厳粛感とともに、期待感がある。「さて、今年は」という漠然とした弾みが浮き上がってくる。

江の島へ向かう風は、それぞれの期待感を包んでいると見ることができそうだ。

やや強い風と言える動きと

なってきたが、まっすぐに江の島に向かっている。
この元旦（大旦（おおあした））に向かうのは、風と賑わう人々だ。神社の入り口に座する赤い門は、参道の人々も歓迎している。
風の流れは道となり、江の島に向かう人々の動きに呼応しているかのようだ。
今年も、賑わいは快調だ。

（2018年1月）

芭蕉翁献詠入選・令和4年度

新春や富士霊峰を仰ぎ見る

新春の富士山を仰ぎ見る。

晴天に堂々と聳える雄姿は、まことに威容。年改まることの感慨も、また新たとなる。

近くの海岸に出てみると、もう海辺の道を歩いている人、遠くの島を眺望する家族ずれなど、正月らしい海の迎春の雰囲気があった。

さて、今年はどんな年になるのか、どんな年にしていくのか。海に向かって、新たな意気を高めることになる。

向こうの浜辺から聞こえてくるのは、子どもたちの凧あげの声。〈凧・凧上がれ〉の声援は、迎春への讃歌となって響いていた。

富士山の下の峰々も、さわやかな構図をつくる。

（2019年1月）

背の光り競う駅伝新春なり

東京―箱根間を走る箱根駅伝は、正月の二日、三日のコースとなって、新春の華やかな雰囲気を一挙に盛りあげる。選抜された走者は母校の栄誉を担って懸命に駆ける。次の走者に一秒でも早く継がねばならない。その背中は、汗で光って見える。

東京から箱根へ（二日）、箱根から東京へ（三日）。十区間の走破は、輝ける歴史とドラマをつくってきた。

そこには、笑顔の走者、泣き崩れる走者、悲喜こもごもの場面が見られた。胸打つ感動場面には、沿道の観衆、ゴールで迎える人たちは惜しみなく拍手を送る。

優勝に輝くのはどの大学か。

（2023年1月）

俳句一覧

春

夏

▶俳句一覧

秋

冬

新年

あとがき

季節の移るなか、自然の動きもまた移っていく。そうした移りゆく様相、折々の思いを詠んだものが百句となった。そこには、「俳句」「写真」「エッセイ」を一つの像として表現する意図があった。果たして、その意図は、どれだけ快調度を拡げることができただろうか。俳号は一鷹(いちよう)。

俳句の表現と関連した写真、エッセイによる構成のなかには、情景にとどまらず、その時の思いを織り込んだ描写もある。詠んだ俳句は、国内だけでなく、中国（敦煌、東北地域）、タイ（バンコク）で、旅の記録という一つの作法である。

かつて、中学時代に芭蕉祭特選として受賞したことが、俳句への関心を一挙に高めた。いま懐かしく思い出すことができる。

昨年夏の猛暑は異常続きであったが、さまざまの場所、場面で大きな影響を与えた。猛暑に正面から向かったのは、海からの風、松林を越えて吹いてきた涼風は、実に快いひととき。寄せてくる涼風の快適さに、ほっとした気持ちの高まりがあったのは確かだ。

カバーの作成は、長年の友人である株式会社ムゲンデザイン社長の佐々木国男氏と大澤裕美さんによる。鮮やかな百句世界の構図となった。発行にあたっては、株式会社芦書房の社長中山元春氏の厚い後援を得た。同氏は、学生時代立教大学牛窪・服部ゼミで活躍されたが、そのご縁である。いろいろと適切な助言をいただいた。記して御礼の意を表する。

やがて春の気配がしだいに広まってくる。松原を越えて吹いてくる海からの風を受け止めよう。小著がさわやかな季節の風となって、遠く近く吹き寄せてくることを願うところである。

二〇二四年春近き日に

服部　治

【著者略歴】
服部　治（はっとり　おさむ）
金沢星稜大学名誉教授，黒河学院客員教授（中国）
1938年　三重県伊賀市に生まれる
1960年　中央大学法学部卒業

〈主要著書〉
『能力主義制度』（1973）日本能率協会
『新体系・能力開発』（1984）マネジメント社
『現代経営学総論』編著（1992）白桃書房
『能力戦略システム』（1994）マネジメント社
『経営・人事労務管理要論』編著（1996）白桃書房
『経営人材形成史』編著（1997）中央経済社
『現代経営行動論』（2005）晃洋書房（2005年度日本労働ペンクラブ賞受賞）
『俳風画風・百句』（2016）リンケージ・パブリッシング
『海外日系企業の人材形成とCSR』（2016）同文舘出版

俳風写風・百句
■発　行――2024年1月22日初版第1刷
■著　者――服部　治
■発行者――中山元春
■発行所――株式会社芦書房
〒101－0048東京都千代田区神田司町２－５
電話03－3293－0556　FAX03－3293－0557
http://www.ashi.co.jp
■印　刷――モリモト印刷
■製　本――モリモト印刷

ISBN978-4-7556-1329-6 C0092